AF497064

Recueil de proverbes créoles
Pwovèb kreyòl

Droits réservés (copyright) : © Lou Boisrond, 2024

Auteur : Lou BOISROND
Editeur : Lou BOISROND
1 rue du Bocage, 93450 l'Ile Saint-Denis
France

ISBN : 9782958633806

EAN : 978-2-9586338-0-6

Dépôt légal : Mai 2024

Imprimé à la demande par Amazon

LOU BOISROND

Recueil de proverbes créoles

Créole haïtien avec équivalence en français.

Atansyon pa kapon.

La prudence est mère de sûreté.

Sa ki pa la pèdi tou pa li.

Les absents ont toujours tort.

Lè chat pa la,
rat pran kay.

Quand les chats ne
sont pas là, les souris
dansent.

Sa li fè li fè.

Advienne que pourra.

Se lè ou nan malè pou ou konnen si ou genyen bon zanmi.

C'est dans le besoin qu'on reconnaît ses vrais amis.

Ti kouto miyò pase zong.

Mieux vaut peu que rien.

Sa ki pa touye ou, li angrese ou.

Ce qui ne te tue pas, te
rend plus fort.

Tout kòd genyen de bout.

Il y a toujours deux côtés dans une histoire.

Toutan ou sòti pi wo ou pran pi gwo so.

La hauteur ne sied à personne, et plus haut on est placé, plus dure sera la chute.

Twou manti pa fon.

Quand le mensonge prend
l'ascenseur, la vérité prend
l'escalier. Elle met du temps
mais finit toujours par arriver.

Rad sal lave nan fanmi.

Il faut laver son linge sale en famille.

Byen san swe pa profite.

Bien mal acquis ne profite jamais.

Malere pa dezonè.

Misère n'est pas honte, en
avoir honte est misère.

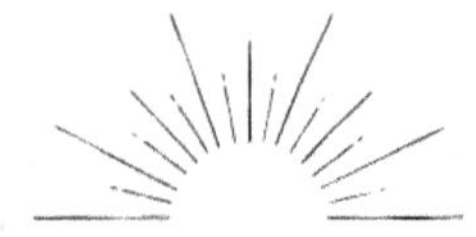

Chak koukouy
klere pou je li.

Chacun pour soi, Dieu
pour tous.

Wè sa mwen fè, pa fè sa mwen fè.

Faites ce que je dis, mais ne faites pas ce que je fais.

**Pito ou mize nan wout men
ou pote bon nouvèl.**

La patience est la clé du succès.

Saki nan kè yanm se kouto ki konnen.

L'homme bon porte son coeur sur
sa langue, l'homme prudent
porte sa langue dans son cœur.

Zanmi kamarad ba ou dan men li pa janm ba ou kè li.

Trop gratter cuit, trop parler nuit.

Sak vid pa kanpe.

Ventre affamé n'a point
d'oreilles.

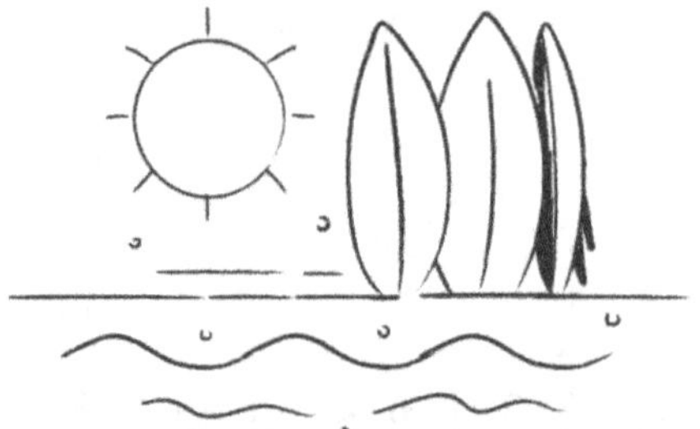

**Lawoze taye banda
tou tan solèy pa leve.**

Toute chose arrive au bon
moment.

Rete trankil se remèd kò.

Qui ne risque ne perd
ni ne gagne.

Yo pa bay Kochon manje draje.

Ne jetez pas des perles aux pourceaux.

De mòn pa janm kontre, men de moun konn kontre.

Il n'y a que les montagnes qui ne se rencontrent jamais.

Timoun pa konn bay manti.

La vérité sort de la bouche des enfants.

Menm nan lanfè gen moun pa.

Même en enfer, il est bon d'avoir des amis.

Anvi tout fè ou pèdi tout.

Qui court deux lièvres à
la fois ne prend ni l'un
ni l'autre.

Abitid se vis.

L'habitude est une
seconde nature.

**Twò prese pa
kapab fè jou rive.**

Patience et longueur de
temps font plus que force
ni que rage.

**Moun ki swe pou
ou, se pou li ou
chanje chemiz.**

C'est donnant donnant.

Bon regleman pa gate zanmi.

Les bons comptes font les bons amis.

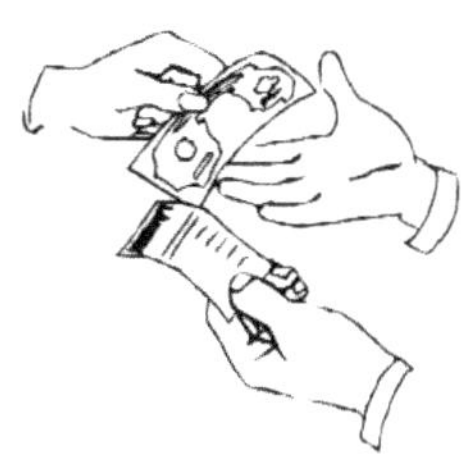

Lajan al kay lajan.

Les succès produisent les succès,
comme l'argent produit l'argent.

**Chak kochon gen samdi
pa li.**

Nul n'échappe à son destin.

# Ti rat pa janm fèt san ke.

Les chiens ne font pas des chats.

**Lè malfini pa
jwenn poul li
pran pay.**

Faute de grives, on
mange des merles.

Foumi pa janm mouri anba barik siwo.

Un grand pouvoir implique de grandes responsabilités.

Lè ou jwe ak chen li lage pis sou ou.

Qui couche avec des chiens se lève avec des puces.

Lave men souye a tè.

Instruire un imécile, autant soigner un
mort.

Padon pa konnen geri malad.

Faute avouée est à moitié pardonnée.

Bat chen an, tann mèt li.

Qui commet un mauvais acte en récolte les conséquences.

Raje gen zòrèy.

Les murs ont des oreilles.

Yon sel dwèt pa manje kalalou.

Tous pour un, un pour tous.

Men anpil chay pa lou.

L'union fait la force.

Pitit tig se tig.

Tel père, tel fils.

Rat manje kann,
zandolit mouri inosan.

Les innocents payent pour les coupables.

Babye yanm, babye tè.

C'est au fruit que l'on reconnaît l'arbre.

Se fè ki koupe fè.

Le fer aiguise le fer.

**Ou fòse bourik
janbe dlo, ou pa fòse
li bwè dlo.**

On ne saurait faire boire un
âne qui n'a pas soif.

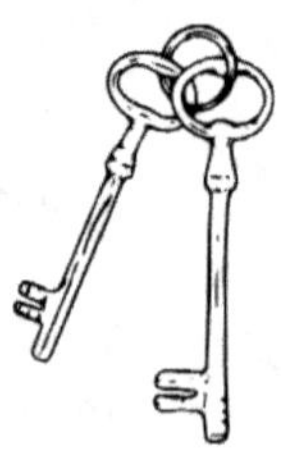

Sere koze ou.

Le silence est d'or.

Verite pa gen zanmi.

La justice n'a pas d'ami.

Mezire avan ou koupe.

Il faut réfléchir avant d'agir.

Di mwen kisa ou renmen, mwen a di ou ki moun ou ye.

Dis-moi qui tu fréquentes et je te dirai qui tu es.

Se nan chemen jennen ou kenbe chwal malen.

Qui veut la fin veut les moyens.

Ede tèt ou, Bondye a ede ou.

Aide-toi, le ciel t'aidera.

Degaje pa peche.

Après tout, une vie heureuse,
c'est aussi une affaire de
débrouillardise.

Gwo nèg se leta.

La raison du plus fort est toujours la meilleure.

Pa janm di mwen ap gen tan.

Ne remets jamais à demain ce que tu peux faire aujourd'hui.

Lafimen pa leve san dife.

Il n'y a pas de fumée sans feu.

**Sa ki nan
men ou an, se
li ki pa ou.**

Un tiens vaut mieux
que deux tu l'auras.

**Se rat kay
kap manje
pay kay.**

Le mal a
toujours une
origine interne.

Mizè fè bourik kouri pase chwal.

Grâce aux difficultés, on se découvre des qualités insoupçonnées.

Byen jwenn, byen kontre.

À bon chat, bon rat.

Malè avèti pa tye kokobe.

Un homme averti en vaut deux.

Kaka je pa linèt.

Tout ce qui brille n'est pas de
l'or.

**Tout sa ki pa bon pou
youn, li bon pou yon lòt.**

Le malheur des uns fait le bonheur
des autres.

**Kochon mawon
konnen sou ki bwa
pou li grate.**

Le cheval connaît à la bride
celui qui le mène.

Depi tèt poko koupe, li espere pote chapo.

L'espoir fait vivre.

Chanje mèt chanje metye.

L'ouvrier travaille au goût du maitre.

Dan pouri gen fòs sou bannann mi.

La raison du plus fort est toujours la meilleure.

Manje tout, pa di tout.

Toute vérité n'est pas bonne à dire.

Yon jou pou chasè, yon jou pou jibye.

A chacun son jour de chance.

Kreyòl pale, kreyòl konprann.

À bon entendeur salut.

Lè yon moun krache anlè, se sou pwent nen ou li tonbe.

Qui crache en l'air reçoit le crachat.

Chen mezire lajè dèyè li avan li vale zo.

Tout ambition gagne à être mesuré.

Devan pot tayè pa fèt pou chen.

Dis moi qui tu hantes et je te dirai qui tu es.

Lè kòk pa nan batay, li wè tout kout zepon li ta fè.

Une fois que le bateau a coulé, tout le monde sait comment on aurait pu le sauver.

Ou wè jodi ou pa konnen demen.

Nul ne sait de quoi demain sera fait.

Ti pil ti pil fè chay.

Petit à petit l'oiseau fait son nid.

Lanmou pa gen baryè.

L'amour force toutes les serrures.

Gangan bay pwen, li pa voye ou dòmi nan kafou.

Les conseilleurs ne sont pas les payeurs.

Grangou se traka, vant plen se touman.

Quand vous êtes riche, vous êtes haï ; quand vous êtes pauvre, vous êtes méprisé.

Bat fè a pandan li cho.

Il faut battre le fer pendant qu'il est chaud.

Krapo fè kòlè li mouri san mouda.

Quand l'orgueil chemine devant, honte et
dommage suivent de près.

Wa pe demare krab, li mòde ou.

Réchauffe un serpent dans ton sein, il te mordra.

Malè pa janm rive avèk klakson.

Le malheur ne prévient pas.

Sa ou plante se sa ou rekòlte.

On récolte ce qu'on a semé.

Rayi chen di dan li blanch.

Il faut donner à César ce qui est à César.

Si mwen te konnen toujou dèyè.

L'expérience est un bon remède, mais on ne le prend jamais qu'après la guérison du mal.

Dyab fè dyap pè, dyab pa manje dyab.

Les loups ne se mangent pas entre eux.

Evite miyò pase mande padon.

Mieux vaut prévenir que guérir.

Sitiyasyon fè aksyon.

Nécessité fait loi.

Bèf pou wa, savann pou wa.

Le charbonnier est maitre chez lui.

Yon byenfè pa janm pèdi.

Un bienfait n'est jamais perdu.

**Se bon gou
ki mete lang
deyò.**

L'appétit vient en
mangeant.

Boukan dife pa limen siga, se ti bwa dife ki limen siga.

Les aigles ne volent pas avec les pigeons.

Fanm se pou yon tan, manman se pou toutan.

Tendresse maternelle, toujours se renouvelle.

Moun ki ba ou konsèy achete kabrit nan lapli, se pa li ki ede ou pran swen li nan lè sechrès.

Les conseilleurs ne sont pas les payeurs.

Chen ki konnen manje ze pa janm chaje metye.

Le renard change de poil non de nature.

Se lè tèt koupe ou pèdi espwa mete chapo.

Tant qu'il a de la vie, il y a de l'espoir.

Jan chat mache se pa konsa li kenbe rat.

L'habit ne fait pas le moine.

Pye kout pran devan, pi bonè se gran maten.

Rien ne sert de courir, il faut savoir partir à point.

Mennen koulèv lékòl se youn, men fèl chita se de.

Ce n'est pas tout d'affirmer,
encore faut-il prouver ses dires.

Wi pa monte mòn.

Dire ce n'est pas faire.

Lè bab kamarad ou pran dife, mete pa ou la à la tranp.

Ne te moque pas de celui qui est dans le malheur.

Se vini ou ap
vini.

Qui vivra verra.

Lè ou montre makak voye roch, premye tèt li kase se tèt pa ou.

Tel homme est ingrat, qui est moins coupable de son ingratitude que celui qui lui a fait du bien.

Lè ti poul genyen dan.

Quand les poules auront des dents.

Pa kontrarye danje si ou poko fouye twou pou antere malè.

Mieux vaut prévenir que guérir.

**Lè ou wè kè ti poul
kontan konnen
malfini déyè tèt li.**

Tel qui rit vendredi dimanche
pleurera.

Bourik toujou aji an bourik.

Chassez le naturel, il revient au galop.

Sa je pa wè kè pa tounen.

Ce que le coeur ne voit pas, le coeur n'y rêve guère.

Rat pa janmè bliye twou li.

Qui vole un veau, volera un bœuf.

**Sèl pa janmè vante
tèt li di li sale.**

A bon vin, point d'enseigne.

Kote yo pa konnen bouki, li pase kò wa.

A beau mentir qui vient de loin.

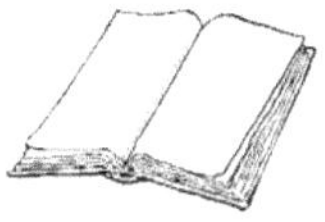

**Sa nou bay pòv se
Bondye nou prete li.**

Qui donne aux pauvres prête à Dieu.

Avertissement

Le Code de la propriété intellectuelle n'autorisant, aux termes des alinéas 2 et 3 de l'article L. 122-5, d'une part, que les « Les copies ou reproductions réalisées à partir d'une source licite et strictement réservées à l'usage privé du copiste et non destinées à une utilisation collective » et, d'autre parts, que les analyses et les courtes citations dans un but d'exemple et d'illustration, « toute représentation ou reproduction intégrale ou partielle faite sans le consentement de l'auteur ou de ses ayants droit ou ayants cause est illicite » (art. L. 122-4). Toute représentation ou reproduction illicite, notamment sur les réseaux sociaux, ferait l'objet de poursuite engagées par l'auteur.

Auteur : Lou BOISROND
ISBN : 9782958633806
EAN : 978-2-9586338-0-6

Prix : 9,99

www.ingramcontent.com/pod-product-compliance
Lightning Source LLC
LaVergne TN
LVHW051225200726
843510LV00011B/1479
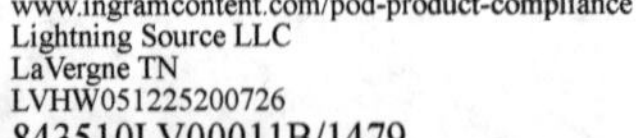